Carlos & Carmen

La lluvia torrencial

Por Kirsten McDonald
Ilustrado por Erika Meza

Calico Kid

An Imprint of Magic Wagon
abdopublishing.com

For Anita – Gracias por las palabras en español —KKM

To my two Carlos, and specially both of my parents; who taught me to value changes, movings, carnes asadas, mischiefs, surprises and the beautiful moments you can only live with your family. Gracias: ¡los quiero! —EM

Para Anita: Gracias por las palabras en español —KKM

A mis dos Carlos y, en especial, a mis padres; quienes me enseñaron a valorar los cambios, las mudanzas, las carnes asadas, las travesuras, las sorpresas y los maravillosos momentos que solo se pueden vivir en familia. Gracias: ¡los quiero! —EM

abdopublishing.com

Published by Magic Wagon, a division of ABDO, PO Box 398166, Minneapolis, Minnesota 55439.
Copyright © 2017 by Abdo Consulting Group, Inc. International copyrights reserved in all countries.
No part of this book may be reproduced in any form without written permission from the publisher.
Calico Kid™ is a trademark and logo of Magic Wagon.

Printed in the United States of America, North Mankato, Minnesota.
112016
012017

Written by Kirsten McDonald
Illustrated by Erika Meza
Edited by Heidi M.D. Elston, Megan M. Gunderson & Bridget O'Brien
Art Direction by Candice Keimig

Publisher's Cataloging in Publication Data

Names: McDonald, Kirsten, author. | Meza, Erika, illustrator.
Title: La lluvia torrencial / by Kirsten McDonald ; illustrated by Erika Meza.
Other titles: The big rain. Spanish
Description: Minneapolis, MN : Magic Wagon, 2017. | Series: Carlos & Carmen
Summary: After a three-day rainstorm, twins Carlos and Carmen go out to play in
    their wet and muddy backyard and soon their parents join in the fun.
Identifiers: LCCN 2016955311 | ISBN 9781614796169 (lib. bdg.) |
    ISBN 9781614796367 (ebook)
Subjects: LCSH: Hispanic American families—Juvenile fiction. | Twins—Juvenile
    fiction. | Brothers and sisters—Juvenile fiction. | Rain and rainfall—Juvenile
    fiction. | Play—Juvenile fiction. | Spanish language materials—Juvenile fiction.
Classification: DDC [E]—dc23
LC record available at http://lccn.loc.gov/2016955311

Índice

Capítulo 1
Días de lluvia

El lunes empezó a llover. Llovió día y noche. El martes llovió de nuevo. El miércoles llovió aún más.

—Estoy harto de tanta lluvia —se quejó Carlos.

—Me too —afirmó Carmen—. Quiero jugar en el columpio.

—Yo sólo quiero salir afuera —dijo Carlos.

Se dejó caer en la cama de su hermana gemela. Spooky, su gata, se subió al lado de Carlos.

—No hay nada que hacer —
agregó Carlos, mientras acariciaba el
pelo negro y suave de Spooky.

—Sí —asintió Carmen—, nada
salvo ver cómo llueve.

Fuera, los charcos eran cada vez
más grandes. Fuera, los charcos eran
cada vez más hondos. Fuera, seguía
lloviendo, lloviendo y lloviendo.

Capítulo 2
No más lluvia

El jueves, Carlos se despertó temprano. No oía la lluvia caer. Corrió hacia la habitación de Carmen y dio un brinco sobre su cama.

—¡Despierta, Carmen!; ¡despierta!
—le dijo—. Ha parado de llover.

—¿De verdad? —preguntó
Carmen, saltando fuera de la cama.

Los gemelos corrieron a la ventana.
Miraron hacia su jardín.

Vieron el árbol del columpio. Vieron la valla alrededor de su jardín.

Pero, sobre todo, vieron agua. Un montón de agua. Su gran jardín se había convertido en el charco de agua más grande que jamás habían visto.

—Hay un montón de agua ahí abajo —dijo Carlos.

—Hay tanta agua que podría ser un lago —dijo Carmen.

Carlos miró a Carmen. Carmen miró a Carlos. Y los dos empezaron a sonreír.

—¿Estás pensando lo mismo que yo? —preguntaron a la vez. Y como son gemelos, sí que estaban pensando lo mismo.

Capítulo 3
El mayor charco

Carlos y Carmen se vistieron en
un periquete. Bajaron corriendo
hacia la cocina donde Mamá y
Papá estaban tomando café.

—¿A qué viene tanto alboroto, my loves? —preguntó mamá.

—¡Ha dejado de llover! —dijo Carlos.

—Y vamos a jugar fuera —añadió Carmen.

—Pero fuera está todo mojado —dijo Mamá.

—Lo sabemos —dijo Carlos con una sonrisa.

—Y todo está embarrado —dijo Papá.

—Lo sabemos —dijo Carmen con una sonrisa aún más grande.

Los gemelos se apresuraron para salir al porche.

—¡Mira mi gran chapuzón! —dijo Carlos saltando desde el porche.

—Tú no has visto nada —dijo Carmen—. ¡Mira!

Cogió carrerilla y pegó un brinco desde el porche.

Cuando Carmen aterrizó, el agua salpicó por todas partes. El agua salpicó el porche. El agua salpicó completamente a Carlos.

Carlos se miró su camiseta y sus pantalones empapados. Miró a Carmen con su camiseta y sus pantalones secos.

—Yo también sé jugar a esto —Carlos sonrió—. Y le dio una enorme patada al agua.

El agua salpicó por todo el aire.
Entonces el agua salpicó por completo
a Carmen.

Carmen miró hacia abajo y vio su
camiseta y sus pantalones mojados.
Sonrió:

—¡Voy a por ti!

—¡A ver si me pillas! —dijo Carlos
corriendo y salpicando.

Capítulo 4
Lío embarrado

Carlos y Carmen fueron chapoteando hacia el porche. Estaban muy empapados y muy felices. Y también estaban muy embarrados.

—Así no podemos entrar —dijo
Carlos—. Mamá se volverá crazy si
entramos con todo este barro y agua
dentro de casa.

Los dos llamaron:

—¡Mamá! ¡Mamá!

Mamá abrió la puerta trasera.
Miró a sus dos hijos empapados y
embarrados.

—¡Dios mío! —exclamó Mamá—.
¿Qué les ha pasado?

—Umm… ¿que nos hemos
mojado? —dijo Carlos.

—¿Y embarrado? —añadió
Carmen.

—Cuéntenme algo que yo no sepa
—dijo Mamá, sacudiendo la cabeza.

—¿Qué pasa? —preguntó Papá
cuando asomó por la puerta.

Mamá y Papá miraron hacia el charco del jardín. Miraron a sus dos hijos mojados y embarrados. Y entonces Mamá y Papá se miraron.

Papá sonrió a Mamá, pero Carlos y Carmen no lo vieron. Mamá le guiñó el ojo a Papá, pero los gemelos tampoco lo vieron.

—¡Children, espérennos aquí!
—dijo Mamá, mientras salía
apresuradamente de la cocina con
Papá.

—Creo que estamos metidos en un
buen lío —dijo Carlos.

—Sí —asintió Carmen—. Un gran
lío de agua y barro.

Carlos y Carmen se sentaron en
el porche. Carlos preocupado por
el agua. Carmen preocupada por el
barro.

Capítulo 5
Look!

Por fin, Carmen y Carlos oyeron a Papá y Mamá volver a la cocina. Los gemelos se miraron entre sí.

Se sorprendieron muchísimo cuando vieron a Papá salir al porche en bañador. Iba cargado con un gran bulto azul.

Se sorprendieron aún más cuando vieron a Mamá salir. Llevaba puesto el bañador. Y traía un inflador rojo.

Los gemelos vieron cómo Papá desenrollaba el bulto que llevaba y cómo Mamá lo inflaba.

Vieron cómo Papá empujaba el colchón inflable encima de los escalones, y Mamá abría la manguera.

Carlos miró a Carmen y le dijo:

—Creo que quizás no estemos en un lío.

—Look! —gritó Papá tirándose por el colchón inflable hacia el charco del jardín.

—Look! —gritó Mamá deslizándose.

Carmen daba saltos de alegría.

—No estamos en un lío. ¡Estamos en un lío divertido! ¡Vamos!

Durante el resto de la mañana, todos estuvieron tirándose por el tobogán de agua casero. Se estuvieron persiguiendo por el jardín encharcado. Se rieron, corrieron y chapotearon.

Mientras almorzaban, Carlos dijo:

—Los tres días de lluvia fueron realmente aburridos.

Pero esta mañana ha sido como toda una semana de diversión.

—Sí —dijo Carmen. Y añadió con una gran sonrisa—: Después de comer, a ver si podemos hacer que sean dos semanas de diversión.

Inglés
al
Español

water – agua

Goodness gracious! – ¡Dios mío!

children – hijos

crazy – loca

Mommy – Mamá

Look! – ¡Mira!

my loves – mis amores

Daddy – Papá

What's up? – ¿Qué pasa?

me too – yo también